쇳밥

쇳밥

김종필 시집

한티재

차 례

제1부

닫힌 문

문을 열고
문을 닫고

문을 만드는 나는
가끔 누가 만들었을까, 생각합니다

문을 열고
바깥으로 나갑니다

문을 열고
안으로 들어갑니다

닫는 게 여는 것이고
여는 게 닫는 것이니

세상에 닫힌 문은 없어야 합니다
열리지 않는 문은 문이 아닙니다

불량 확인

철판을 펀칭기 클램프로 꼼짝 못하게 물고 버튼을 눌렀다. 원형 금형이 회전을 하면서 가슴에 쿵! 구멍을 뚫고, 다시 쾅! 쾅! 쾅! 연이어 작은 구멍을 뚫는 충격에 고막이 떨리고,

너덜해진 표적지처럼 당겨 오는 철판에 한 구멍이 더 뚫렸다. X를 삭제하고, Y를 수정하고, 새 철판을 클램프에 물렸다. 다시 공정을 되짚어 보고, 버튼을 눌렀다.

날마다 반복하는 일임에도 불량이 발생할 때마다, 마음에 구멍이 생긴다. 하루를 온전히 살기란 결코 쉬운 일이 아니다.

모란

믿어라
의심으로는 썩은 이빨 하나 뽑을 수 없다
흔들고 흔들어 뽑아야
새 이빨이 돋고

어둡고 막막할 때일수록
피를 뿌려야
꽃 피울 수 있음을

설끓는 함성으로는
심지가 보이지 않는 밤

까막눈 껌벅이며
아침을 기다릴 것인가

일어설 수 없을 때까지
일어나 헤쳐 나아가자
피가 함성처럼 뿌려진 밤에야

모란이 피었다

약골

공복의 아침에
당 수치가 높고
혈압이 높다

일부러 난전 들러서
보리밥 두 숟갈에
갖은 나물을 수북하도록 비볐는데

옆자리 칼국수가 맛나 보이니
밥이 넘어가질 않는다
볶은 김 가루 슬그머니 끌어다 뿌리고
등을 돌렸다

밥도 마음대로 먹지 못하니 서럽다가
아프지 말고 살아야지,
다짐을 꾸역꾸역 삼키지만
무엇 하나 죽을 각오로 덤비지 못하는 약골

58년 개띠

빈 잔을 두들기던 형님이
갑자기 주민증을 뽑으면서 하는 말,
에라이, 개나 소나 58년 개띠냐?
술 마시다 흔한 나이 싸움질에
아직은 낯선 내가 보이는가 싶더니
언제 싸웠냐며,
풀어진 입술로 옹알옹알 다독이는
늙은 아가들의 재롱 잔치

소나무 껍질을 벗겨 먹던 시절
검은 피죽 한 끼가
손톱 빠지는 아픔을 이기는 힘이었다는
물리지 않는 안주를 곱씹으며
서로의 주민증 사진에 감탄하는
이미 58년을 넘어
살아 살아도 감히 넘어설 수 없을
노련하고 능글맞은 나이

사는 일이 그런 것일까

어수선한 마음을 소주로 삭이고
싫다고 손사래 쳤지만
막무가내로 등 떠밀려
어둠이 잠잠한 실내 낚시터에 들렀는데

어둠의 비린내가 싫지 않고
떡밥을 돌돌 말 때마다
말라 붙은 입술이 붕어 입처럼 뽁뽁거린다

함께 일하는 동무가
일곱 마리를 낚아 올리는 동안
찌에서 떠난 마음은 어디로 떠내려갔을까

그 잉어가 그 잉어일 거야
도마에 오르지 않는다는 걸 알아버린 거지
또 한 마리가 첨벙거려도
떡밥만 말 뿐,

기다림이라는 미련의 떡밥
미련이 아니고 희망이라고 우겨보지만
놓친 손맛이 전부일 때 있는 거지

인절미

돈 많고
힘센 놈들은
고물이 잘 버무려진 인절미를 먹고
입술을 말끔히 닦는데

먹다 흘렸거나
남긴 고물만 거둬 먹는
바닥은 누구인가

대놓고
내 탓이란다
미쳤거나
이보다 착할 수 있을까

밤낮 인절미처럼 굴렀다
착하게 살지 말자
한 입도 그냥 빼앗기지 말자

비수기

　모든 기계가 아주 오랜만에 깊은 잠에 빠져 숨도 쉬지 않는데, 멀쩡한 장갑을 벗었다 꼈다, 서로 눈을 피하고, 억지로 기계를 깨워, 소낙비처럼 들리는 라디오 소리마저 재우고, 기름걸레로 기계에 얼굴이 비치도록 닦는데

　얼음이 긁히는 철판을 자르면서, 뜨거운 땀 흘린 지난 겨울에는 기어가 뚝 부러져라 수작 걸며, 꽃 피는 봄을 걱정했건만, 허튼 삽질이라도 할 수 있도록, 볼품없이 흔들리는 늙은 소나무 가지마다, 저물녘까지 눈이 펑펑 내렸으면 좋겠는데, 벌써 서러운 봄이로구나.

죽는 연습

공장에서 잔뼈가 굵고,
그 뼈가 으스러지도록 일하며

먹이고,
입히고,
갈치고,

겨우 살 만하니까
한 놈씩 아프다고 눕는다

목 디스크 수술하고
보름 만에 일을 하면서도
쫓겨날까 걱정

서울과 대구 오가며
늦은 항암 치료를 받으면서
식구들 밥 먹는 걱정

미친 소리 작작 지껄이고
멋지게 죽는 연습이나 해라

아등바등 살지 말자는 지랄을 떨며
술을 붓는다

외침

배가 고프면
고픈 사람을 위하여
밥을 남기고

배가 고프면
상처가 두렵지 않고
피를 핥는다

살을 빼려고
밥을 남기는 너희는
입술 다물라.

색

한 줄기에서 핀 흰색과 짙은 분홍의 소국이 목덜미를 포개고 속삭이는데, 어느 새벽에 울음을 가르고 나온 흰둥이와 검둥이 강아지가 목덜미를 포개고 있는 그림이다. 떼놓고 떼 놓아도 다시 포개고 어우러지는 따뜻함이다. 가장 아픈 뼈마디에서 핀 너는 파랗고, 나는 빨갛고, 우리는 노랗다. 아무리 색으로 갈라놓아도 우리는 목덜미를 포갤 수밖에 없는 것을

폭우

성난 개처럼 우는 바람과 비
무거운 엉덩이를 털고 나왔지만
뻗던 포도넝쿨 부러진 아래
털썩 주저앉아 울 뿐
가림막을 세울 수가 없고

움푹 처진 비닐에 고였던
빗물이 왈칵 쏟아져 눈물이 씻긴다
온 정성을 다해도
하늘이 도와야 한다는 말이
지난 밤 천둥이었음을

풀밭에 썩는 복숭아 외면하며
엎드려 기도하나니
굵은 땀방울로 알알이 영근 포도
아침 햇살에 탐스럽게 빛나는
가을을 기다리게 하소서

소걸음

이른 아침부터 쟁기를 끌어
긴 밭고랑을 내고
죄 없이 힘센 엉덩짝 회초리로 맞아도
큰 눈 껌벅껌벅
풀을 질겅질겅 씹어 삼키며

어슬어슬 느리지만
붉어지는 저녁달을 등에 싣고
고삐 채지 않아도
길 갈라지는 성황당 나무를 비켜 돌아
끝집 마당을 꼬리로 쓸고

하루해가 저물어갈수록
더 느려지는 걸음
붉은 노을에 무릎을 꿇는 때가 오더라도
다 잃은 것처럼 서러워하지 않으리
황소답게 걸었으므로

아들 방에서

대학 졸업을 한 아들이 방 안에서 묵은 공부를 하며 지내다 접시 닦으러 다닌 지 며칠째, 부스럭거리는 방문을 살며시 열었다. 아내가 침대에 구겨지고 흩어져 있는 아들의 흔적들을 치우다가, 멍하니 서 있었다.

청년 실업자라는 딱지를 떼기 위한 앉은뱅이책상에 해독이 불가한 꼬부랑 글씨의 낡은 문제집을 펼쳐보니, 그만두고 싶다. 미안하다. 할 수 있다.

하고 싶은 말들이 빼곡하게 적혀 있다. 자식과 부모로 사는 일이 어렵고 슬픈 시험이구나.

기도

쇳가루 흩날려 골을 메울 즈음
용접 작업대에 작은 십자가가 드러났고
이른 더위를 먹은 소처럼 눈알을 굴리는데
손 모아 기도하는 엄마가 보였다
기도는 성당에 가서 하시지
새끼 부끄럽게 여기는 왜 오신 것이야
고개를 절레절레 흔들며 장갑을 벗고
찬물로 목젖의 쇳가루를 흘렸다

엄마는 자식 위해 기도하지만
그 엄마를 위해 기도를 한 적은 없었다
전원스위치를 켜며 손을 모았다
제발 십자가가 보이지 않게 해주시고
나의 거룩한 어머니가
나를 위해 손 모아 기도하지 않게 하시고
늙은 어머니의 말라 붙은 젖가슴에서
슬픈 종소리가 흘러내리지 않게 하소서

제2부

핫 프레스는 70°

지금 등에 끓는 핫 프레스는 70°
목덜미에는 열꽃이 오들오들
나의 봄은
부들부들 떨리는 겨울인 까닭이지

배부른 자들의 갈퀴 채찍은
등을 붉게 물들였고
눈 감고 맞설 수 있는 무기는
바람에 애타는
숨 가쁜 노동이었음을

그래, 누가 등 떠밀지 않았다
몸이 감당할 수 있을 때까지는
하는 일 바꾸라 마라
덕분에 밥은 먹고 살았으니
뜨거움에 더 뜨겁게 감사할 일

내일을 모르고 살아온 시간

가위 한번 잡은 적 없는 자들이
거북이 등에 업혀서
바다를 건너려는 토끼처럼
동지라는 이름으로
마음대로 노동의 가치를 늘리고
싹둑 잘라 먹는 엿 같은 세상
기필코 보여 주마
겨울 내내 언 몸으로 버틴
동백이 뜨겁고 아름답다는 것을

손

드릴 파편에 눈 뚫어지고
기계 옮기다 크레인 넘어지고
전기 수리하다 폭발하고
흑백 화면 보고 있던 공장 일꾼들은
멍하거나 졸고

악,
찰나에 손가락 잘린
내 동무가 안전은 박사인데
눈앞에 서서
앵무새처럼 안전 반복하는 여자
대학에서 산업안전 공부를 했을지라도
그 가녀린 손으로
키 작고 녹슨 못 하나 박아 봤을까

점심밥 말아 먹고
이십여 분 꿀잠이 안전인 것을
일하는 시간 아깝다고

점심밥 먹은 자리 안전교육 하다니
그 여자 인형처럼 웃으며
내 손 꼭 잡고
아버님 안전하세요 묻는다

부끄럽고 쑥스러운 안전교육 끝나고
교육비 협찬 금융사에서
이자 많은 종신보험을 권유하는데
보소, 이자는 무슨 먹고 죽으려 해도 없는데

얼굴 일그러지고
웃음 터지고
그 입 막지 못하고
손 얼른 잡아 만류했지만

그래 이게 맞다
서로 손잡는 게 안전이다
안전하세요!

동지에 한 번 떠들지 말고
봄날을 손잡고 웃으며 살도록 해다오
우리 손잡아야 한다

손잡을 때,

우리 삶 뚫어지지 않고
우리 삶 넘어지지 않고
우리 삶 폭발하지 않고

쇳밥

꽃가루 설거지 비 내려 더 부산한 화요일
프레스 발판을 밟을 때마다
쇳밥 한 숟가락이 쏙쏙 쌓이고
해진 철판을 파란 불로 녹여 붙일 때마다
설움의 목구멍이 깊다
식은 밥 한 숟가락을 퍼 먹기 위하여
내 속에서
한 숟가락을 퍼내는 일
비가 그치길 기다리는
새의 마음으로
저물녘이면
쇳밥 한 봉지 물고
내 아버지가 그랬던 것처럼 비틀거리며
새끼야,
큰소리를 치며
저문 강 건너 집으로 가겠지
끅 끅 목 메이는 늙은 프레스야
붉은 기름 한 방울 한 방울이 내 마음이다

가을을 사는 힘

가을이 산을 넘을 때까지
오른 적이 없는데
며칠째
늦은 밤 검은 머리칼을 감으면
단풍물이 노랗게 흘러
온몸을 적시네
나도 모르게
가을이 내 속에 온 것이지
속옷을 파고들어 사타구니가 가렵고
꽉 다문 입술을 파고들어
목구멍을 따갑게 하는
유리섬유 작업 때문은 절대 아닐 거야
쇳가루도 삼키도록
날마다 마디마디 단련된 몸인데
유리섬유는 그냥 장난이지
유리섬유가 검은 머리칼 노랗게 물들이는 동안
가을을 살았을 뿐이야

노동은 힘들지 않아
이깟 일로 그만둘 수는 없지
말 없이 떠난 가을처럼
아무 말 없이 노랗게 물들어
아무 일 없었던 것처럼 씻어 내리면 될 일
서러운 눈물을 노랗게 흘리며
야들야들한 돼지고기가 먹고 싶었던 거야
가을을 사는 힘인 거야

파지

트럭에 파지를 얼기설기 실었다
주인은 고물을 거두는 중이니 기다리라 하고
팽개칠 수도 없어
열린 문 앞에 쪼그려 앉았는데

고물 리어카를 끌고 온 노부부가
차에 실린 파지를 보며
들으라는 듯이 중얼거리는 말,

이만큼이면 막걸리는 사 먹는다
이 나이에 파지라도 줍는 게 다행이지

늙어가는 몸과
마른 파지는 가볍고
삶은
물에 푹 젖은 파지처럼 무겁다

그냥 버려지는 파지가 늙어가는 인생이라니,

차와 내 몸무게를 뺀

파지 값 9,100원을 경리직원에게 주며 입술을 깨물었다

내 인생이다

북성로에서

　삐걱거리는 세상을 풀고 조이는 모든 공구와 부속을 판다는 간판이 호객꾼처럼 줄지어 있는 북성로. 어김없이 하루가 잠드는 밤, 웃고 우는 사람을 지지고 볶는 포장마차 골목으로 변신을 하고, 하얀 흙을 빚는 형과 그 낭만 골목의 주인처럼 마주 앉아, 비루한 삶을 지지고 볶았다. 솜씨 좋은 그가 나의 볼을 금방 못난이 빨간 사과처럼 빚었고, 채워지지 않는 술잔, 천막을 뚫는 소낙비는 까닭 없는 슬픔의 마침표 같았다. 그가 촉촉한 나의 눈을 살살 빚으며, 숨을 불어 넣었다. 웃고 또 웃어, 눈물 따위는 흘리지 마.

해고

목을 밟았다
빰을 갈겼다

가슴을 뜯고
무릎을 꿇고

무슨 이유로
하필 나냐고

빰에 흐르는
뜨거운 유서

마중

손을 내밀어 마음을 잡는다
몇 발자국 걸으며

배는 고프지 않느냐
어디 아픈 데는 없는지
손으로 묻는다

아무 소리 없는 밤거리
걸음을 멈추고
마른 땀을 아카시아 향으로 씻으며

조물조물 할 때마다
촉촉한 입술이 파르르

깍지를 끼고 조이면
가슴에 불길이 일어나고

기억을 더듬어 보라

손을 놓은 순간이 얼마나 눈물겨웠는지

金 正道

껍질 벗겨진 나무 등에
바를 正자 몇 군데 새겨져 있다
셈을 한 모양새인데
바르게 읽었다

까막눈에
셈이 흐리던 아버지는
배추와 상추 단을 헤아릴 때마다
다섯 획의 이름 자,
바를 正을
흙바닥에 새기고 새기셨는데

바를 正,
길 道,

막걸리 얼근하신 밤마다
아무리 힘들어도 바른 길 가거라
아버지를 되새기는 밤

나는 냄새가 다른 사람이다

무리에서 쫓겨나지 않으려고 꽃을 찾는 일벌처럼 새벽 출근을 서두르고, 일하며 까닭 없이 쌍욕을 뱉고, 라디오 뉴스를 듣다가 버럭 소리치며 주파수를 돌리고, 선술집에서 막걸리를 마시다가 얼큰한 선짓국이나 돼지국밥에 코를 처박고, 통속의 노래를 부르는 것이 왜 이상한가?

그냥 마음 가는 대로 살고 싶었을 뿐이다. 빤히 쳐다보며, 쿵쿵거리지 마라. 나는 이 무리를 떠나 살 수 없음이야.

고등어구이

고등어구이 한 토막 집다가
아궁이에 불을 지피는
엄마 곁에 조잘거리는 아이가 그립다

살아가는 하루 또 하루가
늘 뜨거운 잿더미를 퍼내는 일이어서
마구 흐르는 땀을 닦느라
펑 펑 울 수도 없었다던 엄마는

아궁이 잔불에
한사코 대가리가 맛있다는 영감과
새끼들에게 겨우 한 토막씩 돌아가는 고등어를 구웠는
데

석쇠를 뒤집을 때마다
새어 나오는 침을 참을 수 없고
고소한 냄새가 모깃불 연기보다 매워서
넋 놓고 울었다고

늙는 아들의 밥숟갈에
타지 않아 더 고소한 살점을 올려 주시며
울다가 웃다가 우시네

내 안에 바람이 들다

　바람이 면도칼처럼 얼굴을 긁었지만 살기 위하여, 죽어 있는 드릴 스위치를 올리자, 금세 흥분한 바람이 코일 속에서 숨 가쁘게 달려 나와 검은 돌의 나락으로 빨려 들어갈 때마다, 짧은 머리칼 틈에 검은 비듬이 박혔고,

　손의 떨림이 길어질수록, 회전하는 바람은 더 독하고 잔인했다. 거친 쇠는 불꽃을 일으키는 검은 돌이 닳는 만큼, 빛나고 매끄러워지고, 내 뼈는 패이고 마디마디 삐걱거렸다.

　뻣뻣한 몸을 비틀기라도 하면, 어김없이 나 아직 있어! 하고 뼛속 깊이 묵직하게 찌른다. 시린 손목과 발목을 뜨거운 물에 담그고, 몸에 열리는 것들은 모두 열고, 잔기침으로 깨워도 바람은 나갈 기미가 없네. 아침이 올까?

백수의 시간

낚시꾼이 물을 차고 오르는 새들에게 돌을 집어 던지는 허무가 쌓이고, 누가 날 불러주기를 기다리고 있다는 것을 느꼈을 때, 다시 새 한 마리가 물을 차오르고, 낚싯줄에 긴장감이 파르르 떨렸다. 오랜 기다림의 끝에 물려 나오는 것은 무엇일까? 낚시꾼은 아무 일 없었던 것처럼, 또 밑밥을 던지며 웃었다. 쓰다 만 시간이 늘어지는 저물녘이다.

철야

　자정이 지났다. 배고픈 고양이 성깔처럼 물 끓는 냄비에 바삭 마른 외로움의 라면을 분질러 넣고 나무젓가락으로 막 엉긴 멍을 풀듯 고루 저었다.

　괜히 눈물 나게 하는 대파와 내 속에서 언제 터질지 모르는 그리움의 핵 같은 달걀을 풀어지지 않게 넣고, 얇은 망각의 뚜껑을 닫았다.

　아, 생각의 뚜껑을 들썩이는 한숨처럼 김이 새어 나오고, 애타는 기다림의 침이 고일 때, 뜨겁게 젖은 채 젓가락에 끌려 나오는 외로움, 멍

길 잃은 새

가는 비 내리는 점심 무렵, 무리에서 떨어져 돌아갈 길 잃은 멧새가 천장을 선회하다 지쳤는지, 천장 빔 중앙에 날개를 접었다. 소리도, 손도 닿지 않은 곳, 저러다 나가겠지 하는 순간 내 머리를 찰나에 스치듯이 떨어지다, 온 힘을 다해 천장으로 솟구쳤다.

거친 숨 몰아쉬며 유리창에 부딪치며, 그 자리를 맴돌 뿐이다. 분명 서럽게 울고 있을 텐데, 유리벽에 타닥타닥 소리만 크고, 비는 밤새도록 내릴 것처럼 거칠었다. 불이 꺼진 공장, 숨을 고르고, 죽을 각오로 안간힘을 다해 부딪칠 창으로 바람이 들 것이다.

칠

　회색 페인트칠을 했다. 하늘도 회색빛, 창 모자를 눌러 쓰고, 마스크를 한 채 칠을 했지만, 코언저리 틈새를 통해 칠이 속으로 들어왔다.

　하늘이 점점 파랗게 변하는 만큼, 코와 입 속에 페인트가 더 빨려 들어왔고, 머리칼은 칠이 달라붙어서 풀을 먹인 것처럼 뻣뻣해졌다. 시너를 묻힌 수건으로 닦고, 흐르는 물에 몇 번이나 감았다.

　말리며 헝클어진 머리 숲 속에 단 한 번 칠을 한 적이 없음에도 자연스레 늘어나는 은빛 머리칼, 돌아보니 변하지 않는 색은 없었다.

제3부

홍사원

스물다섯의 홍사원은
나를 삼촌이라 부르며 따라다닌다.
큰돈을 벌겠다고
캄보디아 친정에 아이 둘만 떼 놓고 왔지만
한국에서도 돈 벌기는 사금을 치는 것보다 힘겹다.
섬유공장에서 야근을 하고 잠든 기숙사에서
공장장에게 겁탈 당할 뻔했고
외국인 노동자들도 마음만 놓으면
주인 없는 인형처럼 때도 없이 주물렀다.
캄보디아에 남겨진 아이들이 없었다면
죽을 각오로 덤볐거나
스스로 세상과 이별을 했을 거라고 했다.
뭇 사내의 구역질 나는 손길에서 벗어나려고
파키스탄 노동자 알리와 동거를 하면서
한 공장에 정착할 수 있었지만
지병을 앓던 아버지는 쉰을 넘기지 못했고
상을 치르고 돈 때문에 돌아왔으나
파키스탄에 가서 식 올리고 살겠다던 알리는

불법체류로 강제 추방을 당했다.
눈물이 말라 미친년처럼 웃고 다니며
살고 살아가야 할 이유
예쁜 아이들의 사진만이 위로였다.
그럴수록 이를 악물고 철판을 잘랐지만
방세 몇 푼이라도 아끼려고
동족의 손가락질에도 아랑곳없이
다섯 살 어린 고향 사내와 다시 동거를 하며
한 달 더 하루만 더 불법체류자가 되었고
금수강산 한국은 허우적거릴수록 깊어지는 늪이었는데
출입국사무소 강제추방 대기 중에 전화가 왔다.
삼촌 사랑해요. 고맙습니다.
어눌한 목소리에 비로소 눈물이 묻어 있었다.
행복하게 살아, 홍사원.

따오기 춤

촉촉한 눈을 지그시
긴 목에 꿀렁이는 숨결을 고르고
몇 번의 깃 흔들림

바람이 깃 속에 들면
얼굴이 붉고
붉은 속 날개를 펄럭인다

물에 미끄러지는 걸음
움츠렸다
펼쳤다
꽉 차고 오르는 따오기가
울음 없이 울었다

온몸으로 우는 다짐
처량함이란 흙바닥을 차오르는 순간
윤슬이 쏟아지고

공치는 날

비장함에 어색한 분칠을 하고
싸구려 손님을 기다리는 새벽시장
승합차가 설 때마다 밀려나고
날 불러줄까 귀를 세우다
선술집 빈자리를 노리는 사람들
새벽바람이 갈라지는 삼거리
어묵 한 꼬지와 소주 한 잔
수구레 해장국에 막걸리 한 잔
또 공치는 날
혼자가 아니라서 다행인가
물 오른 버들가지처럼 흔들거리며
눌러 쓴 모자와 검은색 안경
가린다고 가렸어도
두부 차 줄 끝에 서 있는 아침
누군가 새치기를 해도 나무라는 이 없다
이게 뭔가, 헛살았다 싶다가도
그냥 죽어도 얍삽하게 살지 않는다
늦어도 때를 기다리는 삶이기에

고독한 죽음

술 처마시고 전화했을 때
세상 하루 살고
다 아는 것처럼 말라고 했잖아
그럴수록 악착으로 살아야 한다고
어차피 세상은 혼자라고

그냥 사니까 사는 거다
사는 일이
내 맘 같지가 않다고
누구도 죽일 것처럼 미워하지 말고
가엾게 볼 일이다

겪을수록 외로운 삶이었더냐
얼굴 보고 싶다고 할 때
보러 갈 것을
고향 떠난 쪽방살이
공장에 늙은 총각이 너뿐이더냐
얼마나 살았다고 서둘러 갔나

가방 하나 들고 집 나설 때
돈 많이 벌지 못하면
죽어도 돌아오지 않겠다던 다짐이
빠지지 않는 못이 될 줄이야

얼굴도 모르는 아버지는 만났나
엄마하고 살림은 합쳤더냐
막내가 왜 이리 빨리 왔냐고 혼났지
아버지 얼굴 새기고
엄마 품에서 오래오래 살아라

베트남 아가씨

형님, 베트남 아가씨가 옵니다
고향 가서 농사지으며 살겠다고 했더니
까닭 모를 핑계로
입국 않고 애를 태우다가
하자는 대로 공장 맞벌이를 약속하니까
서둘러 입국을 한다네요
이제야 사는 재미가 있습니다

베트남에서 다 큰 딸을 데려왔어요
언제 딸을 낳았냐고요?
나도 몰랐어요
왜 속였냐고 묻지 않았습니다
헤어질 엄두가 나지 않았으니까요
돌이킬 수 없는 일
흔쾌히 딸을 데려왔지만
생각하면 억울하고 슬프기도 합니다
하지만 내 아이 욕심은 부리지 않을 겁니다

바삭 마른 입술을 핥더니
아오자이와 태권도복을 입고 있는
큰딸의 사진을 보여 주며
사람들이 나하고 정말 닮았다고 하네요,
붉어진 얼굴로 어설피 웃는다

그래, 너랑 똑같이 생겼네.

봄비

온몸이 눅눅한 점심시간입니다
공장의 천장에서 타닥거리는 빗소리
기계도 숨을 고르고
몇은 전화기에 빠져 있고
몇은 구석에서 장기를 두며 투덜거리다
먼 하늘을 올려다봅니다
보이지 않는 몇은
공장 밖 차에서 잠들고

가는 비가 촉촉이 내리지 않아도
다르지 않은 일상의 그림인데
풀 향기 바람이 코밑을 간지럽게 하고
낮은 담장 너머로 보이는
나뭇가지를 흔들며 꼬시니
비가 그치기 전에 일을 팽개치고
무작정 나가고 싶지요

늘 썰렁한 공장은

일이 정신없이 바빠야 봄인 줄 아는데
꽃보다 봄비가 먼저 왔네요
라디오에서 봄비 속에 떠났던 님이 돌아옵니다
쇠망치 땅땅거려도 꽃은 필 겁니다

이식

거짓말이라 여기고 들어봐요
지금은 웃고 있지만
공장 바닥에 물 뿌리고 다 벗어도 더운 날
끓는 사출 물이
팔과 다리에 쏟아졌어요
살과 핏덩이가 사출 물에 녹아서
촛농처럼 흘러내리고
팔꿈치는 겨울 나뭇가지의 마디처럼 남았지요
눈물은 나오지 않고
입을 열어도 소리가 터지지 않더라구요
엉덩이와 허벅지 살을 조금씩 떼어서
앙상한 뼈를 감쌌습니다
한여름이 겨울 같은 날들이었어요
시커멓던 살이 분홍빛으로 살아나니까
살았구나 싶었어요
내 살을 떼어 붙였는데도
새로 사는 목숨이다 싶었습니다
다시 사출 일은 하지 않겠다고 다짐했지만

걸을 수 있고
잡을 수 있고
먹고살아야 하니까
너무 무섭지만 사출 물을 끓였어요
곁에 있던 마누라가 내 팔꿈치를 살며시 잡고
아이구 등신아, 부르더군요
말없이 마주 보며 하염없이 울었어요
팔자도 고치는 세상인데 도리가 없더라구요
팔꿈치 마디에 새 살을 이식했으니
한 번은 꽃피는 날 오겠지요

평등

이 세상의 모든 사람들이 같은 시간에 같은 장소에서 같은 밥을 먹는 것이 평등이라고 생각했다. 식당 밖으로 나와, 차를 얻어 타면서 어리석음을 깨달았다. 하늘 올려 보고, 땅을 내려 보아도, 평등은 없고, 평등의 환상이거나, 착시만 있을 뿐이다. 억지를 부린다면, 한 생애를 끌어야 하는 노동인데, 누더기로 위장한 자들의 어깨에 귀족 계급장이 감춰져 있다. 보이는 그대로 불태워 보자. 잿더미도 평등하지 않다는 걸 확인하자. 스스로 탐욕의 못을 빼고, 계급장을 철수세미로 문질러 지워야, 평등의 문을 열 수 있지 않겠는가.

봄 소식

봄이다
꽃 피는 봄이다

봄이라는 말이 터졌을 때
봄은 이미 발밑에 와 있었을 것이다

꽃이 피었다고 봄이 아니다

작은 풀뿌리가
언 땅에서 새싹을 밀어 올리는 것보다
가슴 벅찬 봄이 있을까
더 작고 사소한 것들로부터
봄은 온다

깡통 불

어깨 가방에 무엇이 들었을까
찬 서리처럼 달라붙는 생각
요란스럽지 않지만
새들처럼 부산스러운 새벽 시간
북비산 네거리 모퉁이 인력시장에는
깡통불이 꺼지지 않는다
골목에서 모여드는 사람들마다
묵은 빚 청산을 하는 것처럼
불쏘시개 보시를 하기 때문이다

미장,
목수,
철근,
방수,
도장,
비계,
용접,
배관,

잡부,

누가 깡통 불 슬픈 주인이 될까?

어금니

대문 앞니로 고기를 살짝 물지만
씹을 힘은 없습니다
설령 억지로 씹는다 해도
설썹혀 목구멍으로 넘길 수 없고
어떤 맛인지 모릅니다

그냥 삼킬 수도 없고
어금니로 잘근잘근 씹습니다
육즙이 달지요
오래오래 씹을수록
참맛이 온몸에 퍼집니다

어금니는 보이지 않지요
보이지 않는 어금니가
몸을 살찌게 합니다
입 안의 극한 노동을 하는 어금니는
빨리 닳아 상하고
보이지 않지만

가장 빨리 사라지는 이빨이지요

한쪽 어금니만 남았어요
먹는 일이 조심스러운 게 아니라
사는 일이 걱정입니다
누구 앞에서도
함부로 입을 크게 벌리지 않습니다

버스를 기다리며

지나간 것은 버스가 아니라
야근을 하는 내내
지쳐 꿀렁이는 목젖에
걸려 있던 시간

바삭 마른 생각들이 툭툭 떨어지는
승강장 나무 아래에 서서

날마다 초침처럼 맴돌다
기억에서 멀어진 사람들

길 건너 버스 정류장에서
나처럼 기억을 더듬고 있을까
지나간 버스에 탔었을까

괜찮아
아직은 괜찮아
앞 정거장에 막차가 오고 있으니까

노동법

　사장에게 쌍욕과 그만두라 소리를 듣고, 노동청에 부당해고 진정을 했다. 사회지리, 이념과 사상, 보수와 진보, 철학, 재벌과 자본, 민중과 빈곤, 평등과 분배, 민중 문학과 미술 따위를 떠벌릴 수는 없지만 어렴풋이 알아듣는데, 이 땅의 노동법은 자세히 들어도 너무 어렵거나, 너무 쉽다. 쌍방이 없고 일방만 있다. 입에 담지 못할 욕을 들어도, 나가라며 공장 밖으로 등 떠밀어 내쫓기 전에는 절대로 부당해고가 인정되지 않으니, 억울하면 형사 고발하라네. 노조 없는 영세 사업장 노동자는 누가 보호해주나? 그럴 거면 노동법이 뭐 하러 있는가? 개보다 못한 대접을 받아도 월급 받아서 밥 먹고 살려면, 고분고분 시키는 대로 해라. 그리 살아야 해! 그게 노동법이네. 욕 한 번만 더 해라. 얼굴에 침을 뱉어 줄 거다. 부당해고 당할 거다.

납기 독촉

물건을 꼭 만들어 띄워야
월급 맞출 수 있다길래
갑작스럽게 밤을 새우고
컵라면 먹는데
밤새 곤 해장국 맛이다

다시 기계가 돌아가고
거대한 차가 들어오고
철끈으로 묶인 구조물을
지게차로 들어 실었는데
사장 차가 들어왔고

월급날 닥칠 때마다
납기가 바쁜 이유가 뭐냐
사람을 달달 볶네
저녁에 월급 들어오나 보자
들으라고 궁시렁거린다

실업수당

오랜만에 공장에 일 많으냐고 전화가 왔다. 그 공장 사정이 어렵구나. 짐작은 했지만, 말미에 실업수당을 신청했다더니, 며칠 후에 길거리 전봇대에 꽂혀 있는 취업정보지를 빼서 골목으로 사라지는 그를 보고, 안타까워서 심장이 벌렁거렸다.

낯선 공장에 찾아가서 면담 확인을 받고, 실업수당을 신청하면, 직접 찾아가서 면담을 했느냐 따위의 취조를 한 후에, 주인이 먹이를 던지듯 도장을 찍어 줄 것이다. 차라리 똥구덩이에 빠지는 일을 할 때가 행복한 것을, 내 것을 돌려받는 슬픔이 더 독하다.

제4부

아내의 소원

형의 작은 봉제공장에서 일을 하는 친구는 다소 지능이
낮고 나이 어린 아내와 공장 창고 방에서 큰 웃음을 만들
며 살고 있지만

형의 그늘에서 벗어나서 임대 아파트라도 얻어, 딸 하나
낳고, 사는 것처럼 사는 게 소원인데, 드디어 골목 전세방
독립을 했다

돈을 천 조각처럼 끌어모으고, 아내의 뇌를 고급으로 바
꾸는 것은 말 그대로 꿈일지라도

오늘따라 더 크게 웃는 것은, 매일 매일 돼지갈비를 먹
고 싶다는 아내의 소원을 아무 때라도 들어 줄 수 있기 때
문이라고.

슬픔이 부르는 날

말이 없을 때
담배 연기를 깊이 빨 때
문득 안부를 물을 때
술에 흔들릴 때
밥을 굶을 때
머리칼이 너저분하게 길 때
고개 숙일 때
얼굴을 감쌀 때
눈물이 그렁거릴 때
차 속에 멍하니 있을 때
잠 취했을 때

익숙한 골목에 어슬렁거리는 늙은 도둑고양이의 눈빛
을 닮아 있었다.

슬픔이여,
눈물 너머에 있는가?

갈아엎기

공장 일이 바쁘다 갑자기 확 줄었고
억지로 나가라 하지는 않았지만
몸과 마음이 일이 많을 때보다
곱절은 힘들고 자괴감에 슬픕니다

목이 타도 물을 주지 않습니다
억지로 며칠 버틸 수 있지만
결국 문 밖의 먹이를 구해야 합니다

다시 오라고 해도 외면해야 하는데
배고픔의 고통은 견딜 수 없고
배운 도둑질이 수월하니
본때를 보여 주겠다고 이를 깨뭅니다

지금은 머리를 조아려야 할 때
상처가 아물었다고
아팠던 기억까지 아물지는 않습니다
밟을수록 야성을 키워야 합니다

모질게 아팠던 마음들을 모으면
세상을 통째 갈아엎지 못해도
작은 마당은 갈아엎을 수 있고
손목과 손목을 묶어야 힘이 세집니다

불면

비가 내리고, 멍한 머릿속과 흐릿한 눈, 한 발을 딛을 때
마다, 차가운 허공이다. 빗속을 거침없이 달리는 자동차,
남루한 영혼을 늦도록 붙들고 있는 선술집, 공든 탑보다
더 높이 치솟는 아파트, 사랑과 구원으로 피를 흘리는 붉
은 십자가, 생쥐가 겁나서 잠들지 못하는 검은 고양이, 뜨
겁도록 야릇하게 웃는 아내, 밀어내는 해에게 더부살이 하
는 달

몸

몸은 삽질을 하지만
마음은 꽃향기에 취해 있다

온몸이 땀에 절었을 때
마음은 역겨워했고
마음이 죽을 만큼 아플 때도
삽으로,
그 아픔을 깊이 파묻어야 했다

어느 하루도
마음과 몸은 소통하지 못했다

온몸이 조각조각 분해되고 있는 새벽
비로소 마음이 제자리로 돌아왔다
몸에게 참 미안하다.

피할 수 없는 구속

여러 공장 이백여 명의 노동자들이
점심밥을 허겁지겁 먹는 식당
굶주린 눈이 종편 뉴스 자막에 쏠리는데

공장을 말아먹은 똥개가
싸질러 놓은 똥을 보고도 모른다고 하네
대가리 처들고 짖네
노동자들 피까지 핥아먹은 똥개

매일 입맛대로 만찬을 처먹던 너지만
봉창으로 건네는 식판 사료는
눈물 나게 맛날 거야

독방에서 억울함의 눈물을 흘려도
그 눈물이 슬프지 않다는 걸
너만 모를 거야

우리들만 알고

너만 몰랐던
진실 한 가지 더,

공장의 주인은
너의 말처럼
너 아니야
이 땅의 노동자들이야

이 땅의 주인은
염치없는
하느님이 아니라,
이 땅의 노동자들이야

홍매화가 설화가 되는
이 어리둥절한 봄이
너에게는 살아 지옥이겠지만

긴 겨울의 늪에서 빠져나온 우리가

떨고 있는 너를 지켜보는

이 기막히게 아름다운 봄이야말로

위안이며 축복이로세

무릎

무릎의 멍이 뿌리를 내렸는지
따닥따닥 아픈 싹이 터집니다

노동은 운동이 아니라지만
노동만큼 간절한 운동은 없습니다

주사기로 고인 눈물을 뽑아도
마르지 않는 노동의 샘

아프다는 말로
그냥 무너지지 않고
서 있는 그림자처럼 살아온 날들

꽃이야,
피든 말든
참아라!
어루만진 무릎을 일으켜 세웁니다

굴뚝

출근길 염색공단 발전소 굴뚝에
학교에 가지 못하는
점집 누나의 복받치는 설움이 피어오릅니다

그 아득한 눈물의 기억 때문에
공장 굴뚝에 오르는
억울한 형제들의 눈이 움푹하도록 슬픕니다

그 누구도 오르라 않았지만
어차피 가야 할 하늘 길
다시 내려올 수 없을지 모르는데
뛰어내릴 마음으로 오릅니다

밑에서 우러러봅니다
하늘 아래 오직 나,
살다 보니 이런 날도 있습니다

그들도 지나온 길이었을 텐데

더불어 살자는 기도를 외면합니다

하늘 길 오르는 사다리가 삐걱거리는 슬픔입니다

이모

　세상에 오기 전에 이모는 식구들도 어딘지 모르는 산골 사과밭집 머슴에게 시집을 갔다.

　죽었는지 살았는지,
　순녀라는 이름만 기억하는 이모는 아이 다섯을 낳았고, 이모부가 서쪽 하늘 너머로 떠났을 때, 처음 만났는데, 사느라고 언제 다시 만났는지 가물거리지만

　난전에서 다리를 절며 막걸리를 파는 이모는 종아리에 딱딱한 알을 소주병으로 풀다가, 알이 꽉 찬 도루묵을 골라 연탄불에 구워 주네.

　아픈 엄마를 닮은 여자는 다 이모다.

우포에서

버들의 파룻한 숨결, 아침 안개가 하늘하늘 피어오르는 늪, 대나무 장대로 나룻배를 끌며 깊이를 가늠하는 늙은 어부는

마릿수가 점점 줄어드는 붕어가 지난밤의 고요를 헤집다가 그물에 걸려 퍼덕거리는 기지개가 아직은 반갑지만

물 오른 나무들의 실핏줄이 터진 숲 바람과 햇살에 개구리밥풀이 비늘처럼 반짝이고, 별이 솟대처럼 오르는 어느 밤에

흔적 남기지 않고, 발에 차이는 낙엽도 그대로 두고, 목숨을 지켜 준 붕어 밥으로 돌아갈 채비를 하는 중이라고.

목포의 눈물

헤어진 애인이 숨어 있을 것 같은
늙은 도심을 거친 파도처럼 쏘다니다
조산소 골목길에서 서성거릴 때
귀를 적시는 목포의 눈물

뱃놈에게 몸뚱이도 팔지만
죽어도 뱃놈은 싫어
뱃고동 멀어지는 부두의 이별은
속을 게워내는 배 멀미야

삼학도에 바람 불고
첫눈이 내리면
날 버린 빌딩 숲으로 돌아갈 거야,

커피 배달이 끝나면
나도 보통 여자로 산다는

벗으라면 벗겠어요

허벅지 장미가 붉도록 우는 장미

속절없는 등대처럼 살지만
삼학도를 떠나는 뱃고동 들을 때
노적봉을 적시는 아련한 첫사랑의 기억
목포의 눈물이 뜨겁구나

듣고 싶은 소리

느지막 금호강에 출근해야지
물 말고 맥주 한 캔 챙겨서
햇살과 바람의,
강물과 구름의,
버드나무와 새들의,
가을사랑 고백을
풀잎처럼 흔들리며 들어야지
슬픈 소리는 흘려보내야지
정강이 딱지도 떼서 흘려보내야지

누워서 한쪽 무릎 세우고 생각만 하다가
보청기 광고에 벌떡 일어났네

엄마,
나 취직했어요

윤회

앞산의 참나무가 쭉 뻗어 있는데
무참히 죽을 줄 알았을까

새의 평안한 집으로
넝쿨의 든든한 기둥으로
멋지게 살다 가니 평안하구나

말라 죽은 풀밭과
검게 썩는 참나무 뼈마디에
하얗게 피는 생명

죽는다고
그냥 사라지는 것만은 아니다
무엇으로 돌아올지 모를 뿐이다

아파트

낡은 한옥에 살다가
지금 아파트로 옮긴 지 십 년이다
아직도 아파트는 사람이 사는 집 같지 않아서
때가 되면
걸어서 건널 수 있는 얕은 강과
키 작은 나무숲이 있는
낙원의 오두막으로 도망갈 궁리를 하고 있는데
무서운 여자는 새 아파트를 사려는
꿈에 한껏 부풀어 있다
얼마면 분양을 받느냐고 물었더니
죽을 때까지 공장 일을 해야 한다길래
대체 얼마야,
내일 죽으면 그야말로 하룻밤 꿈이네
주름진 눈살이 펴지도록 흘긴다
생각에 욕심이 넘친다
네 식구 방 있으면 큰 아파트다
셋집을 옮겨 다니는 친구들도 있는데
그건 그 사람들의 문제

가난을 대물림하고 싶으냐고
모든 사람이 다 똑같이 살 수는 없다니
딱히 누를 말이 떠오르지 않는다
새 아파트 옮겨 가려고
죽을 때까지 돈을 벌어야 한다니
공장 출근길이 끔찍하다
집 없는 설움을 모르지 않지만
서로 성도 모르는 불쌍한 영혼들이 모여 사는
아파트가 공동묘지구나

프레스 발판 밟을 때마다 '쇳밥'은 쌓이는데

김수상 (시인)

앞으로 나아가기 위한 흔들림

지난해 가을이었다. 신간들이 어느새 수북하게 쌓였다. 책장을 또 사기도 마뜩잖아서 오래된 책들을 밀어내기로 하고 고물상을 불렀다. 책의 종류는 불문하고 무게만큼 돈을 주었다. 가장 먼저 뽑혀나간 책이 『노동해방문학』이었다. 『노동해방문학』은 청춘의 한때, 내가 가장 사랑했던 월간 문예지이자 투쟁노선의 지침을 제공해준 이론서였다. 1980년대 후반에 광범위하게 펼쳐진 노동운동을 배경으로 하여 1989년 4월에 창간한 『노해문』은 노동자계급의 노동해방 투쟁의 방향과 전언을 담은 작품과 평론 등을 주로 실었다. 김사인이 발행인이었고 백무산, 정인화, 조정환, 정남영, 임규찬, 임홍배 등이 편집위원으로 참여하였다. 또한 『노해문』은 남한사회주의노동자동맹(사노맹)의 입장과 노선을 대변하는 문예지이기도 했다. 당시 백태웅 등 사노맹 핵심 활동가들이 이 문예지에 기고하는 방법으로 자신들의 정치 노선과 전망을 담은 글을 발표하였다. 박노해는 이 문예지에 작품을 실은 가장 대표적인 시인이었다. 내가 한때 가장 새겨 읽던 『노해문』이 왜 책장 퇴출 1순위가 되었을까. 지금 생각해보니 노동운동이 보수화되고 귀족화된 것에 대한 불만과 『노해문』을 대표했던 작가의 사상적 전향에 대한 환멸 같은 것이 원인이 되었던 것 같다. 『노해문』이 빠져나간 책장에는 신간 소설이나 시집, 마음공부 관련 서적들이 다시 자리를 차지했다.

『노해문』을 밀어낸 시간들이 엊그제 같은데, 김종필 시인의 노동시편을 담은 시집 초고를 출판사로부터 받았다. 김종필 시인의 아호雅號는 초설이다. 아마도 '김종필'이라는 동명이인同名異人의 이름이 현대사에 오욕을 남겼기 때문이라고 생각했는지, 시인은 자신의 이름을 남에게 잘 드러내지 않았다. 그러다 보니 '초설'이라는 이름으로 주변에 더 잘 알려져 있다. 아무튼 초고를 읽어 보니, 구호와

상징으로 가득한 시들이 아니라 다행이었다. 자신의 몸 근처에서 일어난 노동의 편린들이 시의 곳곳에 아프게 박혀 있었다. 그런데 또 어떤 시편들은 산문적 단상에 그치고 있는 듯해서 조금 아쉬웠다. 이대로 시집을 내기보다는 차라리 시간을 조금 더 가지고 '노동시' 위주로 다시 구성하면 좋겠다는 의견을 출판사에 전했다. 그리고 나중에 시인과 따로 만나서 내 의사를 전달했는데, 시인도 흔쾌히 받아들였다.

6개월쯤 지나서 다시 받은 원고는 초설 시인만의 독특한 서정으로 가득 찬 노동시편들로 빼곡했다. 초설의 시는 박영근, 박노해, 백무산, 송경동 등으로 이어지는 노동시의 계보와는 또 다른 색깔의 서정을 드러내며 잔잔한 파문을 일으키고 있다. 시가 힘을 가지는 것은 몸을 통과할 때다. 몸은 곧 삶이다. 삶은 구체적인 노동을 통하여 자신을 드러내기 때문이다.

문을 열고
문을 닫고

문을 만드는 나는
가끔 누가 만들었을까, 생각합니다

(중략)

닫는 게 여는 것이고
여는 게 닫는 것이니

세상에 닫힌 문은 없어야 합니다
열리지 않는 문은 문이 아닙니다

—「닫힌 문」부분

이 시를 나는 김종필 시인의 서시序詩로 읽었다. 그는 방
화문防火門을 만드는 노동자다. 그가 만드는 문은 세상과
소통하는 문이다. 두드리면 열려야 하는 문이다. 세상에
는 불통의 문이 너무 많고, 두드려도 열리지 않는 문이 부
지기수다. 시인은 세상과 끊임없이 불화하는 존재지만, 열
리지 않는 불통의 문을 피가 나도록 두드리는 사람이기도
하다. 그의 말대로 열리지 않는 문은 문이 아니기 때문이
다. 그는 문門을 만드는 노동의 힘으로 문文을 만드는 노동
자 시인이다.

사람은 먹고 싶은 밥을 제때 제대로 먹어야 한다. '다 먹
고 살자는 짓이다'는 말은 헛된 말이 아니다. 4차 산업혁
명이 어쩌고 하는 시대에 "밥도 마음대로 먹지 못하니 서

101

럽다"고 고백하는 노동자가 있다면 우리의 삶은 아직 가짜이다. 시인은 제대로 먹는 일은 뒤로 물리고 "아프지 말고 살아야지"(「약골」) 하고 다짐한다. 노동자에게 몸은 전부다. 몸이 아프면 생계가 통째로 위협받는 존재가 노동자이기 때문이다. 자본이 금융과 결탁하여 탄탄한 몸을 구축한 반면, 노동은 아직도 "약골"로 살고 있다. 약골은 죽을 각오로 덤비면 정말로 죽는다.

노동자는 단결과 투쟁으로만 사는 것이 아니라, 기다림으로 사는 존재이기도 하다. 퇴근을 기다리고 월급을 기다리고 가족과 함께 하는 밥상을 기다린다. 그 기다림을 시인은 "희망이라고 우겨보지만" 실내낚시터에서 "놓친 손맛"처럼 정작 잉어는 잡지 못하고 "손맛이 전부"(「사는 일이 그런 것일까」)라고 스스로를 위안해보는 것이다. 시인의 전반부 시들은 마치 자전거의 페달을 처음 밟을 때처럼 불안하게 흔들린다. 하지만 그 흔들림은 자전거가 제대로 된 동력을 얻어 앞으로 나아가기 위한 흔들림이다.

노동자의 궤도에서

김종필은 대기업 노동자가 아니다. 대구 3공단에서 근무하다가 지금은 성서공단에서 방화문을 만든다. 1995년

전역을 하고 아내와 함께 잠시 장사를 한 것을 제외하고
는 방화문 만드는 일만 20년 넘게 했다. 상당한 기술을 갖
춘 숙련공인 셈이다. 방화문은 대부분 주문생산을 한다.
그러니 건설경기에 아주 예민하다. 건설경기가 호황이면
야근을 해서라도 납기일을 맞춰야 하고, 불황이면 손을 놓
고 놀기도 한다. 방화문 생산 업체는 스무 명 안팎의 노동
자들이 일하는 영세한 업체가 대부분이다. 시인이 세상
을 보니 "돈 많고/힘센 놈들은/고물이 잘 버무려진/인절
미를 먹"는데 정작 밤낮 인절미처럼 구르며 노동하는 나
는 "먹다 흘렸거나/남긴 고물만 거둬 먹는/바닥"으로 살
았다는 각성에 이른다. 그러니 이제는 "착하게 살지 말자/
한 입도 그냥 **빼앗기지 말자**"(「인절미」)는 뼈아픈 다짐을
하게 되는 것이다. 각성의 다짐은 몸을 통과하며 이렇게
뜨거운 시를 낳는다.

지금 등에 끓는 핫 프레스는 70°
목덜미에는 열꽃이 오들오들
나의 봄은
부들부들 떨리는 겨울인 까닭이지

배부른 자들의 갈퀴 채찍은
등을 붉게 물들였고

눈 감고 맞설 수 있는 무기는
바람에 애타는
숨 가쁜 노동이었음을

그래, 누가 등 떠밀지 않았다
몸이 감당할 수 있을 때까지는
하는 일 바꾸라 마라
덕분에 밥은 먹고 살았으니
뜨거움에 더 뜨겁게 감사할 일

내일을 모르고 살아온 시간
가위 한번 잡은 적 없는 자들이
거북이 등에 업혀서
바다를 건너려는 토끼처럼
동지라는 이름으로
마음대로 노동의 가치를 늘리고
싹둑 잘라 먹는 엿 같은 세상
기필코 보여 주마
겨울 내내 언 몸으로 버틴
동백이 뜨겁고 아름답다는 것을
                    —「핫 프레스는 70°」전문

104

앞에서 불안하게 흔들리던 시의 동력이 이 시에서는 제대로 작동하고 있는 느낌이다. 노동자의 궤도에 안착했기 때문이다. 방화문을 만드는 공정은 대체로 이렇게 이루어진다. 철판을 사이즈에 맞게 절단한다. 손잡이나 잠금장치가 들어갈 수 있도록 프레스로 구멍을 내준다. 절곡을 하고 문의 모양을 형성해주는 포밍 작업을 한다. 그리고 철판 사이에 벌집 모양의 방화재를 넣어 본드로 붙이는 접합 작업을 하는 것으로 마무리한다. 접합 작업을 할 때 사용하는 기계가 바로 '핫 프레스'다. "지금 등에 끓는 핫 프레스는 70°/목덜미에는 열꽃이 오들오들"오르지만 아직 시인에게 "봄은/부들부들 떨리는 겨울"이다. "배부른 자들의 갈퀴 채찍은/등을 붉게 물들였고/눈 감고 맞설 수 있는 무기는/바람에 애타는/숨 가쁜 노동이었음을" 시인은 자각한다. 노동은 본질적으로 자본과 대립할 수밖에 없는 존재론적인 운명을 타고났다. 노동을 하면 할수록 자본과 맞서는 유일한 무기는 "숨 가쁜 노동"이라는 것을 깨닫는 것이다. 자본의 세계에서 자본은 노동을 포섭한다. 포섭된 노동은 자본의 시스템에서 작동하는 '나사와 톱니바퀴'다. 그러나 '나사와 톱니바퀴'가 제자리에 있지 않으면, 거대한 자본이라는 기계는 멈춰서고 마침내는 고물이 되어 버리는 것이다. 노동하는 시인이 바라본 세상은 "가위 한번 잡은 적 없는 자들이/거북이 등에 엎혀서/바다를 건너려는 토끼처럼/동지라는 이름으로/마음대로 노동의 가치를 늘리고/싹둑 잘라 먹는 엿 같은 세상"이다. 그러니 이런 다짐을 하는 것이다. "기필코 보여 주마/겨울 내내 언 몸으로 버틴/동백이 뜨겁고 아름답다는 것을". 노동시들은 감정을 소모하면서 자칫하면 구호로 마무리되기 쉽다. 그에 비해 초설의 시는 자본에 대한 분노를 자기 성찰과 다짐으로 매듭짓기 때문에 설득력을 가진다. '핫 프레스'를 다루는 노동은 항상 기계보다 더 뜨겁다. 만만한 일이 아니지만 노동이 멈추어야 비로소 자본은 숨을 거둘 것이다.

움푹 처진 비닐에 고였던
빗물이 왈칵 쏟아져 눈물이 씻긴다
온 정성을 다해도
하늘이 도와야 한다는 말이
지난 밤 천둥이었음을

풀밭에 썩는 복숭아 외면하며
엎드려 기도하나니
굵은 땀방울로 알알이 영근 포도
아침 햇살에 탐스럽게 빛나는
가을을 기다리게 하소서

—「폭우」부분

　시인에게 직접 물어보지는 않았지만, 이 시는 경산에서 포도와 복숭아 농사를 짓고 있는 도깨비농장의 김성범 선생을 위한 기도 같은 시다. 공장의 노동에 견주면 농장의 노동은 자연의 재해에 많이 노출되어 있다. 시인은 "뻗던 포도넝쿨 부러진 아래／털썩 주저앉아 울 뿐"인 성범 선생을 보며 눈물을 흘린다. 그리고 "굵은 땀방울로 알알이 영근 포도／아침 햇살에 탐스럽게 빛나는／가을을 기다리게 하소서"(「폭우」) 하며 기도를 잊지 않는다. 철판을 다루는 노동자의 시라기보다는 릴케의 시, 「가을날」을 떠올리게 한다. 노동하는 사람만이 노동하는 사람의 심정을 아는 것이다. 착한 농부에게 보내는 따뜻한 연대의 시다.

　청년 실업자라는 딱지를 떼기 위한 앉은뱅이책상에 해독이 불가한 꼬부랑 글씨의 낡은 문제집을 펼쳐보니, 그만두고 싶다. 미안하다. 할 수 있다.
　하고 싶은 말들이 **빼곡하게** 적혀 있다. 자식과 부모로 사는 일이 어렵고 슬픈 시험이구나.

—「아들 방에서」부분

이 시 앞에서 내 마음도 저절로 울컥거린다. 노동자의

삶은 자식에게도 대물림된다. 대학을 졸업하고도 시인의 아들은 아르바이트를 하며 취직 준비를 하고 있다. 이 시대에 자식을 가진 부모들이 겪는 너나 없는 풍경이다. "앉은뱅이책상에 해독이 불가한 꼬부랑 글씨의 낡은 문제집을 펼쳐보니, 그만두고 싶다. 미안하다. 할 수 있다." 아들이 문제집에 적어 놓은 이 말 앞에 울고 싶지 않을 부모가 몇이나 있을까.

점심밥 말아 먹고
이십여 분 꿀잠이 안전인 것을
일하는 시간 아깝다고
점심밥 먹은 자리 안전교육 하다니
그 여자 인형처럼 웃으며
내 손 꼭 잡고
아버님 안전하세요 묻는다

(중략)

그래 이게 맞다
서로 손잡는 게 안전이다
안전하세요!
동지에 한 번 떠들지 말고

봄날을 손잡고 웃으며 살도록 해다오
우리 손잡아야 한다

손잡을 때,

우리 삶 뚫어지지 않고
우리 삶 넘어지지 않고
우리 삶 폭발하지 않고

—「손」부분

　이윤을 추구하는 자본의 근본 속성은 곳곳에서 그 본성
을 드러낸다. 특히 하청이 많은 건설이나 조선 등 중화학
공업에서의 사고가 유난하다. 철판을 다루는 위험한 노동
이니 시인도 안전교육을 받았는가 보다. "대학에서 산업
안전 공부를 했을지라도/그 가녀린 손으로/키 작고 녹슨
못 하나 박아 봤을까"하며 시인은 안전교육을 하는 강사
를 미덥지 않게 생각한다. 오히려 "점심밥 말아 먹고/이
십여 분 꿀잠"을 자는 것이 안전임을 이야기해주고 싶어
한다. 나아가 안전교육이 끝나니 "교육비 협찬 금융사에
서/이자 많은 종신보험을 권유"하기까지 한다. 시인은 대
뜸 "보소, 이자는 무슨 먹고 죽으려 해도 없는데" 하고 일
갈하는 것이다. 시인은 안전이란 다른 데 있는 것이 아니

고 "서로 손잡는 게 안전이다"라고 확실한 대안을 제시한다. 안전은 노동하는 사람들이 맞잡은 손이라고 이렇게 노래하고 있다. "손잡을 때,// 우리 삶 뚫어지지 않고/ 우리 삶 넘어지지 않고/ 우리 삶 폭발하지 않고"(「손」). 시인의 시를 읽고 보니 연대가 그리 대단한 것이 아니다. '손을 잡을 때 생기는 힘'이 연대다. 좋은 시 하나가 사회과학 전문 서적에 버금가는 역할을 이렇게 해내는 것이다.

가을이 산을 넘을 때까지
오른 적이 없는데
며칠째
늦은 밤 검은 머리칼을 감으면
단풍물이 노랗게 흘러
온몸을 적시네
나도 모르게
가을이 내 속에 온 것이지
속옷을 파고들어 사타구니가 가렵고
꽉 다문 입술을 파고들어
목구멍을 따갑게 하는
유리섬유 작업 때문은 절대 아닐 거야
쇳가루도 삼키도록
날마다 마디마디 단련된 몸인데

유리섬유는 그냥 장난이지

유리섬유가 검은 머리칼 노랗게 물들이는 동안

가을을 살았을 뿐이야

—「가을을 사는 힘」 부분

가을은 "속옷을 파고들어 사타구니가 가렵"다. 시인은 방화문을 만드는 노동자인데 유리섬유 얘기가 왜 나오나 싶어서 물어봤더니 '유리섬유'를 문의 철판 사이에 넣어서 방화재로 쓴다고 한다. 시인은 방화문 20년 노동에 "쇳가루도 삼키도록/날마다 마디마디 단련된 몸"이다. 가을이 나뭇잎을 노랗게 물들이는 동안, 유리섬유도 시인의 검은 머리칼을 노랗게 물들였다. "노동은 힘들지 않아/이깟 일로 그만둘 수는 없지/말없이 떠난 가을처럼/아무 말 없이 노랗게 물들어/아무 일 없었던 것처럼 씻어 내리면 될 일/서러운 눈물을 노랗게 흘리며/야들야들한 돼지고기가 먹고 싶었던 거야/가을을 사는 힘인 거야".(「가을을 사는 힘」) 유리섬유가 노동자의 머리도 노랗게 물들게 하고 눈물조차 노랗게 만들었다. 고된 노동 앞에서 힘이 들 때, 우리는 "하늘이 노랗다"고 말한다. 노란색은 힘든 노동의 색이다. 열심히 가을을 살아낸 시인에게 배운 색깔이다.

고된 노동의 은유, 쇳밥

꽃가루 설거지 비 내려 더 부산한 화요일
프레스 발판을 밟을 때마다
쇳밥 한 숟가락이 쏙쏙 쌓이고
해진 철판을 파란 불로 녹여 붙일 때마다
설움의 목구멍이 깊다
식은 밥 한 숟가락을 퍼 먹기 위하여
내 속에서
한 숟가락을 퍼내는 일
비가 그치길 기다리는
새의 마음으로
저물녘이면
쇳밥 한 봉지 물고
내 아버지가 그랬던 것처럼 비틀거리며
새끼야,
큰소리를 치며
저문 강 건너 집으로 가겠지
끅 끅 목 메이는 늙은 프레스야
붉은 기름 한 방울 한 방울이 내 마음이다

—「쇳밥」 전문

김종필의 노동에 대한 사유는 「쇳밥」에서 더욱 깊어진다. 시는 현실을 '재현'하기도 하지만 '은유'도 한다. 그 '은유'를 통과하면서 시는 더욱 깊어지고 예술성까지 확보한다. 나는 김종필의 이 시야말로 저임금과 고위험에 노출된 영세한 공장노동자의 삶을 대변해주는 시라고 믿는다. 식은 밥 한 숟가락을 먹기 위해서는 내 속에 쌓인 '쇳밥' 한 숟가락을 퍼내야 한다. 시인이 이 시의 본문에서 '쇳밥'이라고 밝히지는 않았지만 고된 노동의 은유가 '쇳밥'인 것은 분명한 사실이다. '쇳밥'을 덜어낸 공간에 '밥'이 들어가고 다시 '쇳밥'을 먹고, 이런 '악순환의 밥 먹기'가 영세한 공장에서 일을 하는 노동자의 현실인 것이다. 이 땅의 노동하는 아버지들의 모습이 '쇳밥' 안에 실루엣으로 비춰진다. "비가 그치길 기다리는/새의 마음으로/저물녘이면/쇳밥 한 봉지 물고/내 아버지가 그랬던 것처럼 비틀거리며/새끼야,/큰소리를 치며/저문 강 건너 집으로" 아버지는 갈 것이다. "끅 끅 목 메이는 늙은 프레스야/붉은 기름 한 방울 한 방울이 내 마음이다". 우리는 그 설운 마음을 받아주고 함께 울어주어야 한다.

노동자에게 '해고'는 눈물이자 "뜨거운 유서"다. 방화문 노동자로 20여 년을 산 시인에게도 해고는 있었나 보다. "가슴을 뜯고/무릎을 꿇고//무슨 이유로/하필 나냐고"

대들기도 했지만 결국 해고는 "뜨거운 유서"가 되어 노동자에게 돌아오는 것이다. 신자유주의는 국가권력의 시장 개입을 비판하고 시장의 순기능과 민간의 자유로운 활동을 중시한다고 했지만, 그 과정에서 수많은 비정규직 노동자를 양산했다. 신자유주의의 핵심가치인 자유시장과 규제완화, 재산권 보장 등은 자본가들에게는 넘쳐나는 엄청난 부를 가져다주었지만, 노동자들의 삶은 더욱 궁핍해졌다. 부의 양극화는 더욱 심화되었고 노동자를 정규직과 비정규직으로 갈라놓았다. 노동귀족이라는 말도 이때 생겨났다. 해고는 노동자의 목을 밟고 뺨을 갈기고 가슴을 뜯고 무릎을 꿇게 만들고 마침내 삶을 生과 死로 갈라치기 하는 것이다. 노동자라면 한 번쯤 누구나 겪었을 "뺨에 흐르는/뜨거운 유서"(「해고」)가 해고인 것이다.

까막눈에
셈이 흐리던 아버지는
배추와 상추 단을 헤아릴 때마다
다섯 획의 이름 자,
바를 正을
흙바닥에 새기고 새기셨는데

바를 正,

길 道,

막걸리 얼근하신 밤마다
아무리 힘들어도 바른 길 가거라
아버지를 되새기는 밤

―「金 正道」부분

자식에게 아버지는 빚이다. 특히 아들에게 아버지는 '갈등 관계'인 동시에 결국은 '닮아가는 관계'다. "셈이 흐리던" 시인의 아버지는 "배추와 상추 단을 헤아릴 때마다／다섯 획의 이름 자,／바를 正을／흙바닥에 새기고 새기셨는데" 아버지 이름이 "바를 正,／길 道"자다. 막걸리를 좋아하는 시인은 한잔하고 들어가는 밤마다 "아무리 힘들어도 바른 길 가거라" 아버지의 이름을 되새기는 것이다. 아버지의 이름이 아니어도, 시인은 시인이라는 이름 때문에 진실을 향해 '바른 길'을 걸어야 하는 사람이다.

연민과 사랑으로 확장되는 시

스물다섯의 홍사원은
나를 삼촌이라 부르며 따라다닌다.

큰돈을 벌겠다고

캄보디아 친정에 아이 둘만 떼 놓고 왔지만

한국에서도 돈 벌기는 사금을 치는 것보다 힘겹다.

섬유공장에서 야근을 하고 잠든 기숙사에서

공장장에게 겁탈 당할 뻔했고

외국인 노동자들도 마음만 놓으면

주인 없는 인형처럼 때도 없이 주물렀다.

캄보디아에 남겨진 아이들이 없었다면

죽을 각오로 덤볐거나

스스로 세상과 이별을 했을 거라고 했다.

뭇 사내의 구역질 나는 손길에서 벗어나려고

파키스탄 노동자 알리와 동거를 하면서

한 공장에 정착할 수 있었지만

지병을 앓던 아버지는 쉰을 넘기지 못했고

상을 치르고 돈 때문에 돌아왔으나

파키스탄에 가서 식 올리고 살겠다던 알리는

불법체류로 강제 추방을 당했다.

눈물이 말라 미친년처럼 웃고 다니며

살고 살아가야 할 이유

예쁜 아이들의 사진만이 위로였다.

그럴수록 이를 악물고 철판을 잘랐지만

방세 몇 푼이라도 아끼려고

동족의 손가락질에도 아랑곳없이
다섯 살 어린 고향 사내와 다시 동거를 하며
한 달 더 하루만 더 불법체류자가 되었고
금수강산 한국은 허우적거릴수록 깊어지는 늪이었는데
출입국사무소 강제추방 대기 중에 전화가 왔다.
삼촌 사랑해요. 고맙습니다.
어눌한 목소리에 비로소 눈물이 묻어 있었다.
행복하게 살아, 홍사원.

―「홍사원」 전문

　시집이 나오기 전에 나는 이 시를 몇몇 가까운 지인들에
게 보여주었는데, 이 시를 읽고 모두 울었다. 「홍사원」은
아마도 이번 시집에서 가장 빼어난 시가 아닐까 생각한
다. 시집에서 울 수 있는 시를 만난다는 건 독자로서도 축
복이다. 외국인 노동자 200만 명의 시대다. 영세사업장에
서 일하는 외국인 노동자일수록 불법체류자가 많다고 한
다. 외국인 여성노동자는 외국인이기 때문에, 그리고 여성
이기 때문에, 이중적 착취구조 속에 무방비로 노출되어 있
다. 이쁜 이름을 가진 캄보디아에서 온 스물다섯의 홍사원
도 그 가운데 한 명이었을 것이다. 김종필의 시가 가지고
있는 미덕은 노동의 눈으로 연대의 손길을 내미는 것에
있다. 우리나라 자본의 추악함을 고발하는가 하면, 외국

인 노동자의 고단한 현실을 시로써 증언해내고 있다. 김종필의 시는 이렇듯 연민과 사랑으로 확장되고 있다. 노동을 통과해온 연민과 사랑이었기에 독자들을 울릴 수 있는 시가 되는 것이다. 타자의 고통을 외면하지 않고 타자를 향해 사랑으로 나아가는 시의 출구는 이렇게 따가운 것이다.

시인이 새벽 인력시장의 늘어진 줄 끝에 서있다. 시인은 늘어진 줄 끝에서 인력시장의 풍경의 세부를 들여다본다. "승합차가 설 때마다 밀려나고 / 날 불러줄까 귀를 세우다 / 선술집 빈자리를 노리는 사람들 / 새벽바람이 갈라지는 삼거리 / 어묵 한 꼬지와 소주 한 잔 / 수구레 해장국에 막걸리 한 잔 / 또 공치는 날 / 혼자가 아니라서 다행인가". 인력시장에 나온 노동자 몇몇을 싣고 승합차는 떠났다. 그래, 혼자가 아니라서 얼마나 다행인가. 그러니 "누군가 새치기를 해도 나무라는 이 없"는 것이다. 노동 시장에서 밀려나고 밀려나 마지막으로 찾는 곳이 새벽 인력시장이다. 여기서조차 밀려나면 삶은 막장으로 떨어지는 것이다. 시인은 이렇게 다짐한다. "그냥 죽어도 얍삽하게 살지 않는다 / 늦어도 때를 기다리는 삶이기에"(「공치는 날」) 노동자는 노동의 힘을 믿고 자신을 갱신하며 끝끝내 희망을 버리지 않는다. 긍정의 힘이란 바닥을 치고 솟아오를 때의 힘이기 때문에. 아래의 시는 베트남 아가씨 이야기지만, 우리는

여기서 다른 차원에서 오는 긍정의 힘을 본다. 웃고 있어
도 울음이 나는 겹감정을 지닌 시다.

형님, 베트남 아가씨가 옵니다
고향 가서 농사지으며 살겠다고 했더니
까닭 모를 핑계로
입국 않고 애를 태우다가
하자는 대로 공장 맞벌이를 약속하니까
서둘러 입국을 한다네요
이제야 사는 재미가 있습니다

베트남에서 다 큰 딸을 데려왔어요
언제 딸을 낳았냐고요?
나도 몰랐어요
왜 속였냐고 묻지 않았습니다
헤어질 엄두가 나지 않았으니까요
돌이킬 수 없는 일
흔쾌히 딸을 데려왔지만
생각하면 억울하고 슬프기도 합니다
하지만 내 아이 욕심은 부리지 않을 겁니다

바삭 마른 입술을 핥더니

아오자이와 태권도복을 입고 있는

큰딸의 사진을 보여 주며

사람들이 나하고 정말 닮았다고 하네요,

붉어진 얼굴로 어설피 웃는다

그래, 너랑 똑같이 생겼네.

　　　　　　　　　　　　　　—「베트남 아가씨」전문

　같은 공장에 근무하는 후배의 결혼 이야기다. '베트남 아가씨'와 혼인하는 것은 노동자뿐만이 아니다. 이 시가 더욱 감동을 주는 것은 후배 노동자의 넉넉한 인심이다. 아마도 베트남 아가씨가 다 큰 딸이 있다는 것을 숨기고 결혼 약속을 한 모양인데 딸을 데리고 온 모양이다. "언제 딸을 낳았냐고요?/나도 몰랐어요/왜 속였냐고 묻지 않았습니다/헤어질 엄두가 나지 않았으니까요/돌이킬 수 없는 일/흔쾌히 딸을 데려왔지만/생각하면 억울하고 슬프기도 합니다/하지만 내 아이 욕심은 부리지 않을 겁니다". 차일피일 입국을 미루던 신부가 "하자는 대로 공장 맞벌이를 약속하니까" 서둘러 입국을 한다고 한다. 맞벌이를 하며 돈을 버는 일도 중요하지만, 노동자 부부로서의 다짐이나 자세 같은 것이 느껴져서 오래도록 이 시 곁에 있었다. 노동하는 사람은 자본의 폭압적 질서와 맞서 싸우는 사람이기도 하지만, 상처를 감싸주는 사람이기도 하다.

거짓말이라 여기고 들어봐요

지금은 웃고 있지만

공장 바닥에 물 뿌리고 다 벗어도 더운 날

끓는 사출 물이

팔과 다리에 쏟아졌어요

살과 핏덩이가 사출 물에 녹아서

촛농처럼 흘러내리고

팔꿈치는 겨울 나뭇가지의 마디처럼 남았지요

눈물은 나오지 않고

입을 열어도 소리가 터지지 않더라구요

엉덩이와 허벅지 살을 조금씩 떼어서

앙상한 뼈를 감쌌습니다

한여름이 겨울 같은 날들이었어요

시커멓던 살이 분홍빛으로 살아나니까

살았구나 싶었어요

내 살을 떼어 붙였는데도

새로 사는 목숨이다 싶었습니다

다시 사출 일은 하지 않겠다고 다짐했지만

걸을 수 있고

잡을 수 있고

먹고살아야 하니까

너무 무섭지만 사출 물을 끓였어요

곁에 있던 마누라가 내 팔꿈치를 살며시 잡고

아이구 등신아, 부르더군요

말없이 마주 보며 하염없이 울었어요

팔자도 고치는 세상인데 도리가 없더라구요

팔꿈치 마디에 새 살을 이식했으니

한 번은 꽃피는 날 오겠지요

—「이식」전문

이식移植은 옮겨 심는다는 뜻이다. 이 시가 시인의 말대로 거짓이라면 좋겠지만, 시인은 끓는 사출 물에 재해를 당한 화자의 입을 통하여 위험한 노동 현실을 고발하고 있다. 화자의 담담한 진술을 통해 진실보다도 더 아프게 이 시를 끌고 간다. "끓는 사출 물이/팔과 다리에 쏟아졌어요/살과 핏덩이가 사출 물에 녹아서/촛농처럼 흘러내리고/팔꿈치는 겨울 나뭇가지의 마디처럼 남았지요". 아, 얼마나 고통스러웠을까. 말문이 막힌다. "엉덩이와 허벅지 살을 조금씩 떼어서/앙상한 뼈를 감쌌습니다/한여름이 겨울 같은 날들이었어요". 시커멓던 살이 다행히 분홍빛 새살로 돋아나자, 노동자는 다시 사출 일을 시작한다. "걸을 수 있고/잡을 수 있고/먹고살아야 하니까/너무 무섭지만 사출 물을 끓였어요". 무서워도 먹고살아야 하니까, 먹고살아야 하니까, 우리가 노동을 포기할 수 없는 이유다. 노동하지 않으면 삶이 무너지기 때문이다. 피부를 이식한 노동자가 아내를 마주 보고 하염없이 울고 있다. 시인은 그 아픈 울음을 증언해주고 있다. 이식한 피부에 새 살이 돋아나듯 "한 번은 꽃피는 날 오겠지요" 하며 화자의 입을 통해 희망을 이야기하고 있는 것이다.

통속의 서정, 비천함을 드높이는

김종필 시인은 '막걸리파'다. 그의 페이스북을 들여다보면 일이 없는 날은 달성공원 부근 국밥 집이나 막걸리 집에서 혼자서 마시기도 한다. 그의 정서는 "헤어진 애인이 숨어 있을 것 같은/늙은 도심을 거친 파도처럼 쏘다니다/조산소 골목길에서 서성거릴 때"(「목포의 눈물」)처럼 '통속의 정서'와 잇닿아 있다. 그 통속의 정서를 나는 '통속의 서정抒情'이라고 불러 본다. 통속通俗은 세상의 정서와 두루 통하는 정서를 말하는데, 때로는 저속함이 통속의 매력이 되기도 한다. 시인은 바닥으로 내려가서 바닥에 있는 존재들과 함께 울어주는 사람이다. 바닥의 정서는 노동의 정서이기도 하다. 예수님이 이 땅에 오신 이유는 "가난한 자들을 들어올리고, 부자를 내치고, 이 세상에 어그러져 있는 정의를 이루기 위해서"(누가 1:52)였다고 한다. 세상의 권세는 열흘 붉은 꽃이 없는 것과 마찬가지로 오래 가는 것이 아니다. 시인은 아름다움을 바라보며 그것을 향하여 나아가는 존재다. 아름다움을 보려면 아름다움의 안^{in}에 있어야 하는 것이 아니라 아름다움의 바깥^{out}, 아름다움의 맞은편(반대편)에 있어야 한다. 그래서 시인이 있어야 할 자리는 낮고 비천한 곳이어야 마땅하다. 시인이 꼭 거기에 거주하라는 이야기가 아니라, 시인의 서정이 가닿는 장소가 낮고 비천한 곳이어야 한다는 얘기다. 그곳이야말로 시인이 있어야 할 운명적인 '장소성'이 될 것이다. 비천한 자와 함께 하려는 사람은 바닥으로 내려간다. 가난한 자들을 들어올리려면 바닥에 내려가서 들어올려야 하기 때문이다. 김종필은 『쇳밥』이라는 이 시집을 통해 노동자 시인으로 태어났다. 그의 자잘한 일상들을 담아낸 시들을 추려내고 '노동시' 위주로 시집을 내자고 제안한 것은 아무래도 잘한 일인 것 같다.

기원전 2세기, 스토아학파의 철학자인 파나이티오스는 "인간에게 이익을 가져다주는 사물은 인간의 노동의 결과로 이루어진 것"이라고 설파했다. 파타이티오스의 말처럼 노동이 인간에게 이익을 가져다주듯, 시인은 시를 통해 독자에게 감동을 주어야 한다. 김종필은 이번 시집을 통하여 현장 노동에서 일어나는 상처와 고통들을 외면하지 않고 사랑으로 포섭하는 데 성공했다. 다만, 추악한 현실을 개변시키고자 하는 적극적인 태도나 전망의 제시 같은 것이 보이지 않는다는 것이 아쉬운 점으로 남는다. 하지만 그가 늘 해왔던 것처럼 낮은 자들과 함께하며, 노동의 눈으로 대상을 더 깊게 들여다본다면, 「홍사원」과 같은 시들을 통해 우리에게 감동을 안겨다 줄 것임을 믿어 의심치 않는다. 세상은 비천한 것으로 가득 차 있지만, 그 비천함을 드높이는 행위^{doing}의 본질은 '노동'임을 믿기 때문이다. 이미지와 환상이 넘쳐나는 시대에 김종필의 시가 있어 다행이다.

외롭습니다. 사는 동안에 외롭지 않은 시간은 없었습니다. 그 외로움의 조각들이 시가 되었습니다. 그래서 지독하게 외롭기를 갈구하며 살았습니다.

이 땅의 공장 노동자로 사는 일이 외로움이었고, 역설적으로 행복이었습니다. 온몸으로 느껴야 했던 외로움이 시가 되었으니, 실린 시들은 내 몸의 언어입니다.

내 몸에서 불거져 나온 시들이 이 땅의 힘겹고 외로운 노동자들에게 작은 위안이 되길 바랍니다.

2018년 5월
비 내리는 새벽에
초설

김종필 시집

첫밥

초판 1쇄 발행 2018년 6월 1일

지은이 김종필
펴낸이 오은지
책임편집 변홍철
펴낸곳 도서출판 한티재 등록 2010년 4월 12일 제2010-000010호
주소 42087 대구시 수성구 달구벌대로 492길 15
전화 053-743-8368 팩스 053-743-8367
전자우편 hantibooks@gmail.com 블로그 www.hantibooks.com

ⓒ 김종필 2018
ISBN 978-89-97090-87-7 03810

이 도서의 국립중앙도서관 출판예정도서목록(CIP)은 서지정보유통지원시스템 홈페이
지(http://seoji.nl.go.kr)와 국가자료공동목록시스템(http://www.nl.go.kr/kolisnet)
에서 이용하실 수 있습니다. (CIP제어번호: CIP2018015172)